섬터울

이런, 우리 엄마가
우주선을 유괴했어요

wefic

이런, 우리 엄마가
우주선을 유괴했어요

심너울

위즈덤하우스

1

김영미 교수에 대해 알고 계신가요?
한국에서 둘째가라면 서러운 수준의
우주선 공학자죠. 저한테는 대단히 중요한
사람이기도 합니다. 우리 엄마거든요.
저는 김주호라고 합니다. 김영미 교수의
아들이지요. 조각가고요.

얼마 전까지 우리 둘에 대해 아는
사람이 그렇게 많지 않았어요. 우리 엄마가

우주선 미르를 유괴하고, 제가 엄마의
미르를 구출하기 전까지는 말입니다. 무슨
소리냐고요?

먼저, 유괴당했었던 우리 불쌍한
우주선(정확히 말하면 탐사선), 미르에 대해
이야기해봅시다.

15년 전의 일입니다. 당시에 새로 당선된
대통령은 좀 미래지향적인 지도자로 보이고
싶어 했습니다. 그런 대통령의 눈에 보이저가
딱 들어온 겁니다.

1977년에 발사된 보이저 1호, 그리고
보이저 2호요. 오래전 미국이 외우주를 향해
쏘아 올린, 지금도 저 공허 속에서 헤엄치고
있는 인류의 영원한 항해자 말입니다. 비록
이 두 탐사선과 지구의 연락이 끊긴 지는
오래지만, 우리는 그 둘이 영원처럼 느껴질
만큼 오랫동안 우주를 떠돌 것을 압니다.

아주 높은 확률로 지구 위의 인류 문명은
폭삭 망하겠지만, 보이저는 우주 속에서 한때
우리들이 존재했음을 증명하겠지요.

감상적으로 생각하지 않아도,
대통령에게는 외우주 탐사선만큼 가성비
넘치는 업적이 없었습니다. 보세요.

우주선을 쏘아 올리는 건 그 자체로
이벤트입니다. 태극기가 그려진 커다란
로켓이 불길을 내뿜으며 저 하늘 위로
올라가는 광경을 보면 말이죠. 한국인이면 좀
설렐 수밖에 없다고요.

그런데 우주선을 쏴서 뭘 합니까? 사람을
달로 보내요? 지금이 냉전 시기도 아니고,
이미 달에는 꽤 자주 가봤습니다. 인명
사고라도 발생하면 더욱 큰일이죠. 대통령은
안전한 해결책을 원했어요.

그렇다면 답은 무인 탐사선입니다. 이건

그래도 빠르게 할 수 있었거든요. 그런데
탐사선을 어디로 보내야 할까요?

　21세기가 절반 지난 때였으나, 위성이나
행성에 탐사선을 온전히 착륙시키는 것은
여전히 쉽지 않았습니다. NASA가 그랬듯이
쿨하게 태양이나 목성에 탐사선을 집어던져
파괴시키는 건 가능했죠. 하지만……
생각해보세요! 세금 낭비라는 욕을 얼마나
먹었을지!

　외우주 탐사선은 달랐습니다. 물론
보이저가 발견할 건 다 발견했기 때문에
외우주 탐사선에 큰 의미는 없었지요. 태양계
바깥의 공허에서 무얼 또 알아내겠어요?
그러나 외우주 탐사선은 생각만 해도 우리
가슴을 뜨겁게 하는 성질이 있습니다.

　왜냐? 보이저에는 골든 레코드가
있지요. 지구의 인사말과 여러 정보를 담은

엘피레코드 말입니다. 언젠가 보이저를 회수할 수도 있는 외계인들에게 우리 지구인들의 존재를 알리기 위해, 낭만이 넘치던 옛사람들은 그 레코드를 보이저에 실었지요. 외계인들이 보이저를 회수할 가능성은 극히 낮지만, 그냥 가슴이 따사해지지 않습니까?

그렇다면…… 우리 한국인의 메시지와 정보로 가득 찬 'K-디스크'를 실은 외우주 탐사선을 저 멀리 쏘아 올린다면?

세상에, 이건 된다! 대통령은 그렇게 생각했습니다. 곧바로 '미르'라고 이름 붙여진 외우주 탐사선 프로젝트가 시작되었습니다. 대통령 임기가 끝나기 전에, 저 외우주로, 한국인의 얼을 담은 우주선을 보내는 것이 목적이었습니다.

대통령이 결심을 내렸을 때, 엄마는

캐나다에서 교수 일을 하면서 살고 있었습니다. 그런데 고국에서 애걸하는 듯한 메시지를 보내왔어요. 제발 미르 프로젝트에 참여해달라고요.

김영미 교수는, 우리 엄마는 미르 프로젝트에 참여하러 저와 함께 한국으로 날아왔습니다. 비록 연봉이 3분의 1로 떨어졌지만요. 그렇게 저와 미르의 인연이 시작됐습니다.

2

합리적인 선택은 아니었어요. 김영미 교수의 커리어는 캐나다에서 승승가도를 달리고 있었거든요. 엄마는 교수이면서, 국제 달 기지 프로젝트에서 열심히 일하고 있는

시니어 기술자이기도 했습니다. 달 기지
프로젝트는 그야말로 인류 우주 개발사의
최전선에 있는 프로젝트였죠. 그에 반해
한국의 외우주 탐사선 프로젝트는……
과학적으로도, 기술적으로도 그다지 흥미롭지
않았어요.

그렇다고 해서 우리 엄마가 한국의
항공우주공학을 이끌겠다는 야망이 있었던
것도 아니에요. 엄마는 당신이 태어난 이
대한민국이라는 나라를 경멸했어요. 어쩌다
자기가 태어났을 뿐인, 좀 이상한 데가
많은 동네. 근대화와 산업화 과정을 너무나
압축적으로 밟아서 그 부작용을 정통으로
맞은 국가. 미르라는 이름도 별로라고
생각했을 거예요.

문제가 있다면, 엄마의 꿈이었습니다.
엄마는 중학생 때 칼 세이건의 《창백한

푸른 점》을 되게 감명 깊게 읽었는데요.
거기에 보면, 보이저 1호가 지구로부터
61억 킬로미터 떨어진 거리에서 지구를
찍은 사진이 있어요. 지구는 진짜 작은 점
하나 정도로밖에 보이지 않는 사진이죠. 칼
세이건은 그 사진을 보고 참 큰 감명을 받았나
봐요. 책에 사진을 붙여놓고는, 우린 모두 이
작은 점 위에 살고 있으니 아웅다웅하지 말고
평화롭게 살아야 한다고 긴 글을 쓴 걸 보면
말입니다. 지금도 위키피디아에 검색하면
나온답니다. 이제 퍼블릭 도메인이기도 하고.

　　중학생 김영미 교수는 그 글을 읽고
인생의 꿈을 결정했습니다. 항공우주공학자가
되기로요. 이 이야기는 제가 초등학생 때
천문대에서 별을 관측하면서 엄마가 직접
해준 것입니다.

　　자기만의 보이저를 만들 수 있다는 것은

김영미 교수에게 엄청난 유혹일 수밖에
없었습니다. 비록 미르의 탄생 이유가
지나치게 조잡하고 천박하더라도 말이지요.

그 대가로 저는 많은 것을 포기해야
했지요. 당시 저는 중학교 2학년이었고,
한국어를 제대로 하지 못했기 때문에 엄마는
저를 외국인학교에 넣을 생각이었죠. 그런데
그게 말처럼 쉽게 되지 않았습니다.

우리 가족은 저와 엄마, 코멧 셋으로
이루어져 있었습니다. 코멧은 이제 다시
볼 수 없는 최고의 강아지인데, 엄마가
유전적으로 설계해서 만들어진 건강하고
예쁜 아이였습니다. 저는 아빠가 없어요.
제가 살던 캐나다에는 이런 가족이 흔해서,
돌봄 지원을 쉽게 받을 수 있었습니다.
하지만 한국은 사회적으로 매우 보수적인
국가잖아요? 2050년대인데도 지원이 거의

없는 수준이더군요.

엄마가 매일 출근하는 미르 연구소는
강원도 첩첩산중에 지어져 있었습니다.
제가 다닐 만한 외국인학교는 거기서 최소
100킬로미터 떨어져 있었고요. 결국 엄마는
저를 가까운 일반 학교로 보내는 수밖에
없었습니다. 그리고 악몽 같은 한국에서의
학창 시절이 시작됐습니다.

캐나다에서 저는 꽤 인기 있는
아이였습니다. 운동도 잘했고요. 그런데 저는
피부색이 까맣거든요? 제 아버지, 그러니까
엄마가 정자은행에서 받은 정자 주인의
피부색을 그대로 물려받은 것입니다. 와우,
그 시절을 생각하면, 성선설이 얼마나 그릇된
믿음인지 새삼 되새깁니다. 아이들은 제게
정말 잔인하게 굴었어요.

저는 성격이 완전히 내향적으로

바뀌었습니다. 한때는 사람들이 모두 어렴히 나를 좋아할 거라고 생각했지만, 한국에서는 사람들이 제 피부색을 보고 무슨 생각을 할지부터 걱정했습니다. 얼마나 학교에 가기 싫었겠습니까.

그래도 매일같이 징징 짜는 저를 엄마는 학교로 데려다 놨지요. 지금 생각해보면 김영미 교수는 그야말로 슈퍼맨이었습니다. 매일 새벽 5시에 일어나 집안일을 하고, 코멧을 30분 동안 산책시켜준 다음(코멧은 아침에 꼭 엄마가 산책을 시켜줘야 배변을 했어요), 저를 먹이고 학교까지 차를 태워줬습니다. 학교 가기 싫다고 찡찡거리는 중학생을 붙잡아 차에 태우고 30분을 운전해 데려다줍니다. 그다음 다시 30분을 운전해 미르 연구소로 향하고…… 전 죽어도 그렇게 못 합니다.

물론 저도 가만 있지는 않았습니다.

엄마가 코멧을 산책시키고 돌아왔을
때였어요. 보통 그때까지 전 자고 있게
마련이었는데, 그날만큼은 스스로 일어나
거실에서 엄마를 기다리고 있었죠. 엄마와
담판을 짓겠다고 마음먹었거든요.

대문이 열리고 코멧이 저를 향해
달려왔습니다. 평소보다 일찍 일어난
저를 보고, 엄마가 동그란 눈으로 거실로
걸어왔습니다. 저는 코멧을 몇 번 쓰다듬어준
다음, 엄마를 노려보았습니다.

"나 학교 가기 싫어."

"주호야, 학교는 가야지."

저는 벌떡 일어서서, 엄마 말을 끊었어요.

"캐나다로 돌아갈 거야. 나 여기 있기
정말 싫다고. 존나 싫단 말야. 엄마는 내 마음
조금이라도 알아? 왜 엄마 꿈 때문에 자식을

이렇게 희생시켜?!"

그게 아마 제 인생에 처음으로 엄마한테
고함을 지른 때였을 거예요. 엄마는 흔들리는
눈동자로 저를 바라보다가, 한숨을 깊게
쉬고는 말했어요.

"미안해, 주호야. 미안하다. 하지만 이게
엄마 평생의 꿈인 걸 어쩌겠니. 이번에는
주호가 엄마를 응원해주면 안 될까? 네가
나중에 무얼 하든 그때는 엄마가 100퍼센트
지원할게."

저는 그 말을 기억했습니다.

3

보이저 프로젝트와 같이, 미르 프로젝트도
두 대의 탐사선을 순서대로 발사하도록

계획되었습니다. 태양계 바깥으로 탐사선을 내보내는 게 목적이었고요.

미르는 과학 탐사엔 별다른 뜻이 없었습니다. 두 보이저는 그 안에 담긴 과학 장비로 수많은 행성과 위성의 자세한 정보를 알 수 있었죠. 보이저 2호는 최초로 천왕성과 해왕성에 도달해 그 데이터를 지구에 전달하기도 했고요. 하지만 우리 대통령은 당장 써먹지도 못하는 가스로 뒤덮인 행성에 무슨 일이 일어나건 지금 먹고사는 거랑 무슨 상관이냐는 매우 실용주의적인 철학을 가지고 있는 사람이었습니다.

그의 목적은 단 하나였습니다. 자기 임기 내에, 100년이 다 되어가는 보이저보다 훨씬 빠른 외우주 탐사선을 쏜다. K-디스크를 담은 외우주 탐사선을 저 멀리, 저 하늘 멀리로. 그리하여 한민족의 자부심을 널리 떨치고, 또

자기가 영원히 한국 역사에 기억되도록 한다!

사실 그마저도 진짜로 가능할 거라고
생각하는 사람은 많지 않았습니다.

물론 보이저는 1977년에 쏜 탐사선이죠.
미르 프로젝트는 2050년대에 착수됐고요.
70년이 넘는 시간 차이가 있습니다.
그동안의 기술 발전은 말해 무엇하겠습니까.
하지만 그렇다고 해서 우리에게 없던
외우주 탐사 노하우가 생기진 않습니다.
한국의 항공우주공학자들은 당연히 우수한
인재들이었지만, 그들은 저 멀리 심우주로
우주선을 쏘아 올리는 것보다는 어떻게 하면
좀 더 강력하고 무거운 인공위성을 지구
궤도에 잘 놓을 수 있을까를 연구해왔지요.

대통령이 강조한 '가장 빠른
탐사선'이라는 타이틀도 문제였습니다.
우주선은 그냥 로켓을 덕지덕지 붙인다고

해서 더 빨라지는 게 아니거든요. 무거운 물체일수록 날려 보내기 힘들고, 로켓과 로켓 연료 자체도 상당히 무겁기 때문에, 다짜고짜 붙이면 붙일수록 효율이 기하급수적으로 나빠집니다. 2040년대에 NASA에서 개발한 제논 추진기를 쓰면 대단히 빠른 탐사선을 만드는 게 가능하긴 했지만…… 우리에겐 그런 기술이 없었습니다.

그런데 프로젝트의 시한은 5년이었죠. 아니, 3~4년 정도? 대통령이 집무실을 떠난 다음에 미르를 쏘면 무슨 의미가 있겠어요? 프로젝트에 관련된 수많은 인물들은 이 프로젝트가 시작부터 잘못되었음을 아주 잘 알고 있었습니다. 하지만 그걸 나서서 말한 사람은 아무도 없었습니다.

그들의 침묵을 탓하지는 않겠습니다. 척박하기가 사하라사막 같은 한국 우주산업

필드에서, 미르 프로젝트라는 정부 주도 프로젝트는 그야말로 바이칼호 크기의 오아시스처럼 보였을 겁니다. 당장 주리고 목마른 사람들에게 이 오아시스가 신기루에 불과하다고 폭로하라는 것은 너무한 일입니다. 하지만 그들이 우리 어머니에게 불가능한 프로젝트의 리더 역할을 맡긴 건 좀 탓하고 싶군요.

네, 김영미 교수는 미르 프로젝트의 리더였어요. 리더 자리는 승천으로 향하는 계단이 될 수도 있지만, 반드시 실패하는 프로젝트의 리더는 그냥 독이 든 성배입니다. 21세기 들어 한 번도 우승해본 적이 없는 모 야구팀의 감독 자리와 비슷한 거죠! 사람들은 그 독이 든 성배를 엄마에게 제안했습니다. 오래전 한국을 떠난 엄마는 여기에 별 연이 없었거든요.

엄마는 독이 든 성배를 기꺼이 들었습니다. 김영미 교수는 스스로 파멸로 향하고 있다는 것을 모를 정도로 현실 감각이 없지는 않았습니다. 다만 정말로 자기만의 보이저를 만들고 싶었던 겁니다.

엄마는 미친 듯이 일했습니다. 정말 몸이 열 개라도 된 듯이 일했습니다. 지도자로서, 김영미 교수는 기술자이자 매니저이자 협상가였습니다. 엄마는 어떻게든 예산을 짜내려고 세종과 서울을 종횡무진 돌아다녀야 했고, 규제를 우회하여 필요한 부품을 만들기 위해 관료나 기업가들과 타협해야 했습니다. 그러는 동안에도 기술적 이슈에 하나하나 대응해냈습니다. 엄마의 전공 분야 바깥에 있는 내용들을 새로 공부도 했고요. 하루에 세 시간 정도 주무셨던 걸로 기억하네요.

그래요. 우리 엄마는 그런 사람이에요.

원하는 게 있다면, 무슨 대가를 치러서라도
이루어야 하는 사람.

그러는 동안 제 생활은 불지옥에서
타올랐습니다. 시간이 지나면서 제 입에
한국어가 붙기 시작했습니다. '은/는'과
'이/가'가 대충 무슨 차이인지 습득했죠.
한국어를 잘하면 그래도 친구가 생길 줄
알았는데요. 오히려 저를 관람하는 애들이
생겼습니다. 한국어로 말하는 저를 마음대로
찍어서 소셜 미디어에 올린 건 아직도 큰
상처입니다. 그때 찍혔던 영상들은 아직도
인터넷 구석 어디에 남아 있을 겁니다. 심지어
교사들도 그것을 방관했어요.

두 존재만이 당시의 제게 위안을
주었습니다. 하나는 세계 최고의 강아지였던
우리 코멧이고요. 또 다른 하나는
책이었습니다. 할 일 없는 시간에 엄마의

서재를 파헤치고는 했거든요. 제가 무슨 책을
좋아했는지 알면 우스울 겁니다.

　엄마 서재에 있는 책들은 정말 복잡한
전문 서적 아니면 교양 과학 서적이었어요.
저는 우주에 관한 여러 책을 읽었는데……
《창백한 푸른 짐》이 정말 좋았어요. 예,
앞에서도 말한 명저죠. 엄마가 감동을 받았던
바로 그 책. 이 책을 열 번은 넘게 읽었어요.
하지만 지금은 이 책의 표지만 봐도 묘한
기분이 듭니다.

　그 책을 열두 번쯤 읽고 잠든 어느
날, 엄마가 새벽에 저를 깨웠습니다.
비몽사몽간에, 매우 피곤해 보이지만 그래도
즐겁게 웃고 있는 엄마가 보였어요.

　"아, 뭐야. 자고 있는데……."

　"주호야, 너 이 책 좋아하니?"

　엄마는 제 책상 위에 놓여 있던《창백한

푸른 점》을 들고 있었어요. 저는 인상을
찡그리면서 말했어요.

"응. 왜?"

엄마는 기쁨을 숨기지 못하는 목소리로
말하더군요.

"오, 주호 너도, 엄마랑 같은 일 하고 싶은
거야? 우리 아들도 우주선 만들고 싶은 거니?
엄마처럼?"

그 말을 듣고 제가 어떻게 했냐고요?

저는 책을 집어 든 다음, 쓰레기통에
버렸습니다. 엄마는 당혹한 눈길로 저를
바라보고 있었지요.

"나는 엄마처럼 되기 싫어."

잠시간 침묵이 흐른 뒤, 저는 다시 입을
열었습니다.

"나는 엄마처럼 안 살 거야. 맨날 일만
하고. 자기 인생은 하나도 없고. 나랑

마지막으로 식사한 게 언제야? 내 삶이
얼마나 비참한지 알기는 해? 그깟 우주선이
자식보다 중요해? 그 기계 덩어리가 나보다
더 예뻐? 이럴 거면 나를 왜 만들었는데?"

사실 거짓말이었어요. 저는 우주선이
멋있다고 생각했어요. 엄마가 하는 일도
멋있다고 생각했고요. 하지만 저는 어떻게든
엄마한테 느낀 서운함을 표현하고 싶었어요.
왜 나를 봐주지 않는 거야. 우주선 말고
나한테도 신경 써줘. 그런 거죠.

엄마는 얼음처럼 차가운 표정으로 저를
올려다보았습니다. 아무 말도 하지 않고
있다가, 쓰레기통에서 책을 꺼내 안아 들고는
제 방을 나갔습니다. 그 뒤로 심상치 않은
상황을 감지하고 낑낑대는 코멧이 보였고요.
저는 엄마에게 얼마나 큰 상처를 줬는지
생각지도 않고 바로 잠들었습니다.

엄마가 얼마나 고생하는지 알고 있었어요.
인간의 한계를 뛰어넘는 일을 하고 있다는
것도. 하지만 그 당시에는 제가 비참한 학창
시절을 보내고 있다는 게, 가족이 아무런
관심을 보이지 않는다는 게 더 중요했습니다.

맞습니다. 나이와 상황을 감안해도, 저는
비열했어요. 김영미 교수도, 저도 이 일을
죽을 때까지 잊지 못할 겁니다. 우리가 아무리
가까워져도 이 상흔은 남아 있겠죠.

4

당신이 한국인이거나, 한국 현대사에
관심이 있거나, 아니면 항공우주의 역사에
관심이 있다면 그 뒤의 일을 알 겁니다.

제가 고등학교 3학년일 때, 미르

프로젝트는 대통령 임기를 1년 남겨두고 성공했습니다. 한국 기술로 설계된 외우주 탐사선 미르는 성공적으로 발사됐고, 저 먼 우주를 향해 날아갔습니다. 보이저 2호보다 열 배 빨리 가속하는 추진기와, 수억 배 빨리 계산하는 컴퓨터를 달고요.

그것은 김영미 교수와, 그가 이끄는 미르 프로젝트 팀이 이루어낸 매우 어수선한 기적이었습니다. 이 프로젝트의 시간표는 처음부터 끝까지 말도 안 되는 일정으로 짜여졌습니다. 미르 탐사선에 들어간 12만 개의 부품들 중 9퍼센트는 카탈로그에 제시된 스펙을 충족하지 못했으며, 0.3퍼센트는 아예 작동하지도 않았습니다. 미르 연구소에서 일하던 사람들 중 24퍼센트가 지나친 카페인 소비로 심각한 불면증을 앓게 되었고요. 미르 프로젝트가 직접적인 이유가 되어 열 개 넘는 가정이 실제로 파탄 났습니다.

　그럼에도 불구하고, 미르는, 제 엄마의
꿈은, 텅텅 비어 있는 저 우주를 향해
성공적으로 날아갔습니다. 비록 제4추진기와
센서 서너 개가 발사되자마자 박살 났지만.
그처럼 말도 안 되는 프로젝트가 다시는
진행돼선 안 되지만, 그렇지만, 여전히 미르
프로젝트는 불가능해 보이는 대형 공학
프로젝트를 이루고자 하는 수많은 사람들의
귀감이 되고 있습니다.

　참으로 우리 엄마다운, 김영미 교수다운
일이었습니다. 불가능을 실현하고자 뚜벅뚜벅
걷는 사람. 바란 건 무엇이든 되게 하는 사람.

　당시 임기가 1년 남았던 대통령은 수많은
스캔들에 시달리고 있었어요. 그 구질구질한
이야기들이야 지금 해서 뭐 하겠습니까.
다만 대통령에게 미르 프로젝트의 성공은

한 줄기 빛과 같았다는 것은 꼭 짚고
넘어가야겠습니다. 대통령은 우리가 비록
좁은 땅에 살고 있지만, 저 드넓은 우주에서는
다를 것이라는 식으로 쓸데없는 연설을
했지요. 실제로 지지율이 잠깐 올랐어요. 다들
외우주 탐사선 미르를 좋아했습니다.

　미르 프로젝트의 지도자였던 김영미 교수,
엄마는 일약 영웅이 되었어요. 엄마가 대단한
지도자이기도 하지만, 내러티브가 아주
풍부했거든요. 고국 우주산업의 발전을 위해
북미에서의 영달을 초개같이 내던지고 돌아온
여성 공학자! 뭐, 정자은행 서비스로 자식을
낳았다는 이야기는 쏙 빠졌지만…….

　엄마는 미르를 우주로 날려 보낸
이후에도 바빴습니다. 강연 요청이
여기저기서 들어왔고, 기술 자문을 할 곳도
많았어요. 그럼요. 김영미 교수는 맨땅에

바벨탑을 세운 거인이었는걸요.

제가 앞서 말했지요. 열 개가 넘는 가정이 미르 프로젝트 때문에 파탄 났다고요. 우리 가족은 미르 프로젝트의 첫 제물이었습니다. 어쩌면 그 덕분에 프로젝트가 성공했던 걸지도 모릅니다.

《창백한 푸른 점》을 엄마의 눈앞에서 쓰레기통에 버린 이후, 우리 사이의 대화는 완전히 끊어졌습니다. 엄마는 그전보다 더 일에 열중했어요. 가능한가 싶을 정도로요. 집에 안 들어오는 날도 훨씬 더 많아졌습니다. 우리 둘은 서로가 존재하지 않는 것처럼 행동했습니다.

우리가 서로 감정 비슷한 걸 나눴던 순간은 코멧이 죽었을 때밖에 없었던 것 같습니다. 그때도 저는 엄마에게 대단히 짜증을 냈어요. 엄마가 잘 안 들어오니까

코멧이 스트레스받아서 더 일찍 간 거
아니냐고. 그렇게 말한 것을 후회합니다.

그때 저는 고3이었습니다. 대학 입시로
바쁜 시절이었지요. 겨울철에 선생님은 제
성적을 보고는 말했습니다.

"주호야, 너는 수학이랑 과학을
잘하잖아?"

"네."

"그런데 왜 미대를 가려고 하니? 상을
받은 것도 없고, 딱히 관련 외부 활동을 한
것도 없잖아. 뭐 성적이야 되긴 하는데."

"음…… 그냥 그게 끌려서요."

선생님은 코웃음을 치고는 말했어요.

"장난치니?"

만약 제가 좀 더 솔직했다면, 선생님은
더 황당했을 거예요. 왠지 모르겠는데, 저는
수학과 과학을 잘했어요. 우주의 가없는

막막함에도 끌렸고요. 어릴 때는, 저도 엄마처럼 우주선을 만들 거라고 생각했어요. 그게 운명이라고 믿었지요. 하지만 이제는 아니었습니다. 저는 그 짜증 나는 끌림을 애써 거부하고 싶었습니다.

"그냥, 예술을 하고 싶어요."

예술이야말로 항공우주공학과 가장 멀리 있는 분야 같았거든요.

저는 김영미 교수랑 멀어지고 싶었어요. 우주선을 싫어하고 싶었습니다. 그 빌어먹을 미르를 싫어하고 싶었다고요.

입시가 끝난 뒤, 미대에 합격했다는 사실을 엄마에게 전달했을 때를 기억합니다. 엄마는 세종까지 갔다 오는 일정을 끝마친 후, 부엌에서 홀로 맥주를 마시고 있었어요. 저는 제 방에서 나와 엄마 앞에 우두커니 섰습니다. 엄마는 식탁 중앙에 놓인 미르 모형을 보고 있었습니다.

"엄마. 나 아현대 조소과 합격했어."

"알고 있어."

엄마는 저를 보지도 않고 말했습니다.
아무 감정이 담기지 않은 듯한 어조였어요.
솔직히 저는 그때 엄마가 화내기를
바랐거든요. 화를 내지 않으니까, 제가 도발을
하게 되더군요.

"웬일로? 난 엄마가 내 입시에 아무
신경도 안 쓰는 줄 알았지."

엄마가 맥주를 한 모금 마시고, 앉으라고
손짓했습니다. 저는 엄마의 맞은편에
앉았어요. 엄마는 한숨을 내쉰 다음, 미르의
모형을 자기 앞쪽으로 옮기고는 말했습니다.

"주호야, 이건 엄마의 꿈이었어. 나는 네가
내 꿈을 이어주기를 바랐고. 우리가 저 우주를
같이 올려다볼 수 있다면 얼마나 좋겠니."

"엄마, 나는 엄마의 물건이 아니야. 내 꿈을 엄마가 마음대로 만들 수는 없어."

"선생님한테 이야기 다 들었다. 그냥 반항심으로 전공을 택한 것 같다고."

제가 멈칫하자, 엄마는 계속 말했어요.

"너도 밤하늘을 보면 가슴이 저릿하잖니. 그 속에 깜빡이는 인공위성을 볼 때마다 기분이 이상해지잖니. 저 어둠을 헤치는 은빛 배를 띄우고 싶잖니."

"엄마가 그걸 어떻게 아는데? 나한테 아무 관심도 없잖아."

"네가 어릴 때부터 내 서재에서 그런 책들만 골라 읽었으니까. 내가 좋아하던 책을 열 번도 넘게 읽는 걸 봤으니까. 담임선생님도 네가 과학과 수학에 재능이 있다고 말했으니까. 넌 미술 점수도 나쁘고, 예술을 하고 싶다고 말한 적도 없다며."

저는 벌떡 일어섰어요. 얼굴 한쪽이 무엇인지 모를 감정으로 살짝 떨리고 있었습니다.

"너도 나랑 같은 꿈을 꾸길 바랐고, 그래서 다행이라고 생각했다. 너는 결국 내 아들인 거지. 하지만 나를 거스르려고 네 꿈마저 버릴 거라고는 생각 못 했어. 주호야, 내가 그동안 너무 관심을 안 준 건 미안하게 생각해. 하지만 꿈을 따라가는 게 우리 모두한테 행복할 거야. 재수 준비하자. 어떻게든 내가 도와줄 테니까……."

"아니, 엄마!"

저는 고개를 절레절레 저은 다음 말했습니다.

"기억나? 한국 막 왔을 때, 내가 뭘 하든 100퍼센트 지원해준다고 한 거!"

그 어느 때보다, 저는 예술을 하기 위해

태어난 사람 같았어요. 솔직히 그전까진
관심이 전혀 없었지만. 왠지 그거야말로 제게
정해진 운명 같았지요.

"난 내가 하고 싶은 걸 할 거야. 뭘 하든,
우주선 일은 절대로 안 해!"

그리고 저는 제 방으로 들어갔습니다.
방문을 쾅 닫은 뒤, 침대에 엎드렸어요.

5

우리 가족은 뿔뿔이 흩어진 채로
자기만의 삶을 살아가기 시작했습니다.
엄마는 저 우주에서 날아다니고 있는 미르를
관리했고, 저는 대학을 다니면서 조각을
배웠습니다.

엄마는 제 선택을 끝까지 받아들이려

하지 않았지만, 그래도 약속은 지켰습니다. 제가 강원도를 떠나서 사는 비용과 등록금을 전부 대주었습니다. 제가 무엇을 배우는지, 어떤 생활을 하는지에 대해서는 절대로 묻지 않았지만요.

문제는 제게 있었습니다. 인정하죠. 저는 조각에 열정도 재능도 없었어요.

조소과에서 하는 모든 수업이 제게 순수한 고문이나 다름없었습니다. 인체해부학을 배워서 입체적인 형태를 머릿속에 집어넣는다? 그런 걸 대체 왜 해야 하는데? 다 떠나서 입체 조형이 왜 아름다운 건데? 밖에 살아 움직이는 사람이 이렇게나 많은데 그걸 굳이 모방해서 만들어야 하는 이유가 뭐지?

관심이 없으니, 재미가 없습니다. 재미가 없으니, 노력하고 싶지 않습니다. 노력하지

않으니, 성적이 나오겠어요? 그리고 이건
상당히 배부른 말이라는 걸 인정하는데,
성적을 개판으로 받아도 엄마가 계속 지원을
해주는데 위기감이라도 느껴질까요? 그럴
리가 없지요.

저는 인생에서 가장 걱정 없고 신나는
1년을 보냈습니다. 대학에 오니까 애들이
머리가 좀 여물어서 그런지, 아니면
그냥 환경이 달라져서 그런 건지 대놓고
피부색으로 차별을 하지는 않더군요. 그러다
보니까 제 마음 깊은 곳에 숨어 있던 외향성이
다시 돌아왔습니다. 친구들을 많이 사귀었고,
즐거운 데이트도 자주 했어요.

수업은 그냥 맨날 빠졌습니다. 그러니까
두 학기 연속으로 학사 경고를 받게 되더군요!
평점이 0.6이었나? 전공은 싹 다 F였지만,
교양 하나는 그나마 들었거든요. 제가

다녔던 학교는 학점 평균이 1년 동안 1점 이하면 제적시키는 게 규칙인 학교였습니다. 그렇다고 바로 제적당하진 않았어요. 아시다시피 한국은 젊은 사람들이 엄청나게 적은 나라다 보니, 학생 수가 아쉬운 대학은 그런 규칙을 잘 지키지 않거든요.

대신 제 지도 교수님이 방학 중에 저를 불렀지요. 초밥을 먹으면서 상담을 했어요. 학부생과 구분이 잘 안 갈 정도로 젊고 세련된 스타일의 남자 교수님이 무슨 문제가 있냐고 묻던 그 순간이 생생히 기억납니다. 비음이 많이 섞여서 대단히 유별난 목소리거든요.

"아뇨. 뭐, 저는 괜찮아요. 아주 행복해요. 아무 문제 없어요."

저는 이런 식으로 답변했습니다. 그래도 교수님은 집요하게 캐묻더군요.

"성적이 이렇게 낮은데 왜 문제가 없어.

혹시 고등학교 때 꿈꾸던 거랑 지금 공부하는 게 잘 어울리지가 않아?"

"그런가? 잘 모르겠어요."

"고등학생 때는 조각이 하고 싶어서 이 공부를 했을 거 아냐."

"아뇨, 사실 저는 고등학생 때 미술에 아무 관심이 없었는데요."

"그럼 자넨 왜 조소과에 들어온 건가? 성적에 맞춰서 오는 학과도 아니고……."

"음……."

갑자기 엄마 생각이 나서, 딱히 아무 말도 하지 않았어요. 그러자 교수님이 다시 물었지요.

"그래도 자네가 꼭 이 세상에 구현하고 싶은, 뭐랄까, 아름다움이 있지 않은가?"

"없어요."

제가 단언하자 교수님의 표정이 이상하게

바뀌더군요. 그러더니, 교수님은 젓가락으로 초밥이 올라 있는 접시를 한 번 땅 치고는 웅변조로 말했어요.

"이보게, 그럴 수는 없어."

"예?"

"누구나 마음속에 구현하고 싶은 아름다움을 품고 사네. 아름다움을 추구하는 것, 그것은 인간의 본능이야. 추구하는 아름다움이 없다고 말하는 건, 자네가 스스로 인간이 아니라고 주장하는 거나 진배없다네. 하지만 자네는 인간이지 않나!"

"그런가요……?"

제 떨떠름한 표정을 보고 교수님은 더욱 흥분했습니다. 교수님은 자기가 대학생 때 추구하던 아름다움을 늘어놓기 시작하더군요. 교수님은 그때나 지금이나 움직이는 자연물(예를 들면 폭포 같은?)의 특정한 순간을

입체적인 조형으로 만드는 작업을 했는데, 그
찰나의 아름다움을 최대한 정밀하게 포착하는
것이 자기 목표라는 거예요.

도대체 알 게 뭐냐는 표정으로 교수님의
일장 연설을 들었어요. 제가 다른 생각을
하고 있을 때, 다시 한번 젓가락으로 접시를
찍으면서 교수님은 말했습니다.

"말해보게. 자네는 무엇이 아름답다고
생각하나? 무엇이 자네의 열정이고, 자네의
아름다움인가?"

뭐라도 말해야 할 것 같은 분위기였어요.
안 그러면 별로 궁금하지 않은 정보의
물결에 또 한 번 휩쓸릴 것 같았거든요. 저는
머릿속에 가장 먼저 떠오르는 것을 말했지요.

"음…… 어…… 기계가 멋있다고
생각하는데요."

"그래! 바로 그거라네! 자네는 금속성의

인공물에 관심이 있는 거군. 왜 그것을
좋아하나? 좀 더 깊게 생각해보게. 이제
방향이 잡혔으니, 열심히 파고드는 일만
남았다네."

조금 우습긴 했지만, 초밥을 대단히
소화하기 힘들게 만들었던 교수님의 열변은
틀리지 않았어요. 다음 학기에 저는 새삼
깨달았습니다. 제가 매끈한 금속으로
얼기설기 이루어진 기계장치 조형을 정말로
좋아한다는 사실을요. 수많은 기하학적
형태의 모듈들이 이리저리 덕지덕지 붙어서
하나의 개체를 이루는 것이 멋있다고
생각했습니다. 이미 불길하지 않으요?

교수님이 바라던 대로, 저는 제 마음속에
있는 형태를 구현하고자 애썼습니다.
그런데 이것은 대단히 실용적인 모습으로
떠올랐습니다. 진짜로 이 세상 어딘가에

있을 법한, 단지 내부 부품 일부가 모자란 기계장치처럼 되어갔어요. 실제로 그것을 만들면서 저는 이렇게 생각했습니다. 혹시 날 수도 있을까? 유체역학을 제대로 배우진 않았지만, 그래도 이렇게 되어야 뜨기 쉽지 않을까? 이런 데에 추진기를 달면 어떨까?

결국 제가 처음으로 만들어낸 것은 공학과 예술의 경계선에 선 무언가였어요. 물론 제가 만든 물건은 결코 우주에서 날 수 없겠지만, 척 보기엔 우주선 같았지요. 실제로 비행하는 우주선이요. 제 마음속에서 그것은 이미 별의 바다 한가운데를 날고 있었습니다. 교수님은 제 작품을 보고 크게 만족했습니다. 그 학기에는 학사 경고도 안 받았어요.

제 과제물을 보고 기분 좋아진 교수님의 크리틱이 한창 진행되는데 저는 이렇게 생각하고 있었습니다.

세상에, 나는 1대 32 비율의 미르 모형을 만들었잖아?

하지만 나는 정말 엄마처럼 살기 싫은데?

제게 엄마는 가장 어른스럽지 않은 어른이었어요. 꿈 때문에 자식의 학창 시절을 완전히 뭉개버린 사람이었다고요. 그런 엄마를 닮는다니 소름이 돋았습니다. 정말, 정말로 그러고 싶지 않았어요.

그때부터 전 미대 생활에 본격적으로 적응하기 시작했습니다. 다시는 우주선 같은 조각을 만들지 않았어요. 그 짝퉁 미르는 자취방 구석에 밀어 넣고, 좀 오소독스한 작품을 만들었지요. 이런 경우에 증오는 상당히 효율적인 연료였습니다.

시간은 잘도 갔고, 엄마와는 끝없이 불화하면서 저는 조각가의 길을 걸었습니다. 엄마는 미르를 관리했고요. 대한민국 정부가

미르 연구소를 폐쇄하겠다고 발표하기
전까지는 별 탈이 없었습니다.

6

미르가 발사되고 10년 가까운 시간이
흘렀습니다. 보이저 때는 상상도 할 수 없었던
현대의 최신 기술로 무장한 미르는 핵 전지의
힘을 빌려 엄청난 속도로 우주를 주파했고,
벌써 태양계 외곽에 다다랐습니다. 그러는
동안 이 푸른 행성의 육지에 빌붙어 사는
우리들의 세상도 많이 바뀌었어요.
미르로 대한민국 외우주 탐사 시대를
개막하겠다던 대통령은 임기가 끝난 후
1년이 채 지나지 않아 감옥에 들어갔어요. 전
정권을 심판하는 과정에서 미르 프로젝트도

감사 대상이 되었지만, 당시 정권이 한 일 중에 국민적인 지지를 받은 몇 안 되는 프로젝트였기에 감사는 유야무야 끝났습니다.

그러면서 미르는 잊혔습니다. 우리나라 사람들의 삶은 밥줄과 하등 상관없는 탐사선 따위를 신경 쓰기엔 너무 팍팍했어요. 미르가 놀라운 뉴스를 몇 개 보내기도 했습니다. 왜행성 세드나의 초고화질 사진을 지구로 전송하기도 했거든요. 엄마를 비롯해 미르 연구소에 남은 관리자들의 노력 덕에 가능한 일이었습니다만…… 사람들이 세드나에 관심을 가지겠나요.

물론 저 또한 그랬습니다. 미르가 어떻게 되든 아무 관심이 없었습니다. 고등학교 이후로는 인터넷에 뜨는 우주에 대한 소식도 의도적으로 찾아보지 않았고요.

저는 조각가의 길을 착실히 밟고

있었습니다. 석사과정 동안 몇몇 전시회에 제 작품을 내기도 했어요. 작품을 몇 점 팔기도 했고요. 학습이란 참 무섭습니다. 학부에 처음 들어왔을 때는 대체 왜 조소를 해야 하는지, 어떻게 해야 하는지 도저히 알기 힘들었지만, 시간을 들이면서 조각을 파다 보니까 이 일이 익숙해졌거든요.

저는 개인전을 열고 싶었습니다. 제 작품만으로 이루어진 전시회요. 조각도 충분히 쌓였고, 괜찮은 공간에 저만의 작품을 늘어놓으면, 그때 비로소 한 명의 인정받은 작가가 되는 거라고 생각했어요.

하지만 그게 참 쉽지 않았습니다. 갤러리에서 제게 먼저 연락을 주는 일은 단 한 번도 없었습니다. 이런저런 지원 사업에 응모하긴 했는데, 무수히도 많이 떨어졌습니다. 아마 대부분의 사람들이

취업할 때 이력서 떨어지는 횟수의 열 배는
될걸요?

제 지도 교수님(학부 시절에 초밥을
사줬던 그 교수님이 맞습니다)은 절 볼 때마다
안타까워했습니다. 교수님은 항상 이렇게
말했지요.

"주호야, 너는 저번에 우주선 만들 때가
제일 좋았어. 너는 기계적인 게 맞다니까.
전통적인 조각은 경쟁도 심하고, 요즘은 AI랑
3D 프린터를 도저히 못 이기는데 굳이 고집을
부리면서 그걸 하는 이유가 뭐야? 그렇게
열심히 하는 것 같지도 않구만"

그런 말을 들을 때마다 저는 은은한
미소를 짓는 것 말고는 어쩔 도리가
없었습니다.

사실 저도 제 문제를 알고 있었으니까요.
조각에 있어서 제 재능은 변변찮은

편이었습니다. 열정이 대단한 것도
아니었어요. 저는 그냥 관성적으로 이 길을
걷고 있었어요. 개인전에 집착하는 이유도
뻔했습니다. 관성적으로 이 길을 걷고
있으니까 불안하고, 그래서 개인전을 해본
작가라는 타이틀이라도 얻어서 불안을
다스려보려는 거고.

　석사를 할 때까지는 엄마에 대한
증오라는 동기가 있었습니다. 하지만 엄마랑
연락을 거의 하지 않고 지내다 보니까,
분노도 흐려지더군요. 저한테 엄마는 그냥……
뭐랄까…… 이해할 수 없고 이해하고 싶지도
않은 무언가 같은 존재였어요.

　그러던 어느 겨울날 모르는 번호로
전화가 왔습니다. 강원도 국번이었어요. 처음
몇 번은 전화를 받지도 않았는데, 집요하게
연락이 오더군요. 저는 대체 무슨 말을 하려나

싶어서 전화를 받았습니다.

"안녕하세요. 속초 경찰서입니다."

"요즘도 이런 보이스 피싱을 하나? 추적
다 되는데 엄한 짓 하지 마시고, 끊어요."

……그 사람이 진짜 속초 경찰서의 이서유
형사라는 것을 인정하기까지 또 지난한
시간이 걸렸습니다. 이서유 형사가 절 찾은
이유는 가히 충격적인 것이었습니다.

"김영미 교수님 아들분 되시죠?"

"예. 맞는데요."

"교수님이 구속되셨거든요."

눈알이 튀어나오는 것 같은
느낌이었습니다.

"예? 엄마가요?"

엄마를 좋아하지는 않았지만, 법을 어기고
구속당할 사람이라고 생각한 적은 단 한 번도
없었습니다. 미르 프로젝트가 감사의 표적이

됐을 때도 엄마는 먼지 한 톨 안 나왔다고요.

"예. 참고인 조사를 해야 할 것 같아서 연락드렸습니다."

이서유 형사는 엄마가 무슨 일을 벌였는지 설명해줬습니다.

미르는 강원도의 미르 연구소에서 원격으로 조종되었습니다. 엄마와 몇몇 기술자들이 남아서 미르 프로젝트를 계속 진행하고 있었죠. 그런데 이 미르 연구소라는 게, 국가에서 지자체로부터 잠시 빌린 것이었습니다. 당시 대통령의 의지가 있고 하니, 프로젝트가 가능한 빨리 진행되어야 했으니까요. 건물을 지을 시간이 없었거든요. 그래서 원래는 지자체가 나름대로 무슨무슨 센터로 쓰려고 했던 건물을 잠시 빌려온 거죠.

그리고 10년이 흘렀고, 임대 기간이 거의 끝났습니다. 지자체에서는 당연히 건물과

부지를 돌려줄 준비를 하라고 통보했죠.
지자체는 그 주변을 개발하면서 임대가
끝나기만을 기다리고 있었습니다. 사실
정부가 그동안 따로 건물을 확보해놨어야
했는데, 정권이 여러 번 바뀌면서 미르
연구소의 존재 자체가 거의 잊혀버린 겁니다.

　　정부 입장에서는 미르 연구소를 다른
곳으로 옮기는 게 딱히 내키지 않았습니다.
미르는 전전 정부가 싼 똥에 지나지
않았습니다. 생산하는 게 아무것도 없고
유지비만 먹는 프로젝트잖아요. 아, 물론
세계의 천문학자들을 설레게 했던 놀라운
과학적 성과를 몇 개 내긴 했지만……. 세드나
지각에 산소를 품은 얼음이 있다는 사실을
발견해도, 그게 밥을 먹여주진 않잖아요?

　　정부는 결단을 내렸습니다. 미르는 벌써
태양계의 경계선에 도달했고, 이 너머에서

유의미한 과학적 발견을 하기는 어려우니,
미르의 원격 통신 기능을 정지하고 연구소를
폐쇄한다. 미르는 여전히 우주 저 멀리
K-디스크를 싣고 날아갈 것이다.

솔직히, 그런 결정을 할 수 있다고
생각합니다. 세금은 중요한 거니까요. 하지만
미르 연구소의 관리자들에게는 그야말로
청천벽력이나 다름없는 소식이었습니다.
그들은 다 엄마같이 이 프로젝트를 진정으로
사랑하는 사람들이었어요. 모두 미르의 핵
전지가 다할 때 은퇴할 거라고 생각했지요.
그런데 이렇게 빠른 은퇴라니요!

그중 가장 충격을 받은 사람은
엄마였습니다. 여전히 미르 프로젝트의
총책임자인 김영미 교수는, 연구소의 자기
방에 앉아 있다가 결단을 내렸습니다.
모두가 퇴근한 뒤, 엄마는 미르 조종실로

들어갔습니다. 엄마는 아직 절반이나 남은
미르 핵 전지의 잔량을 지긋이 바라보다가
행동했어요.

다음 날 출근한 기술자들은
미르의 예상 궤도가 완전히 바뀐 것을
발견했습니다! 미르는 원래 외우주로 던져질
운명이었습니다. 미르의 궤도는 아주 조금씩,
그러나 분명히 선회하고 있었어요. 미르가
자신의 고향, 지구 쪽으로 천천히 돌고
있었습니다. 기술자들은 처음에는 추진
체계에 오류가 생겼다고 믿었습니다. 하지만
추진 체계에 접속하려고 아무리 시도해도
불가능했습니다. 엄청 강력한 암호가 걸려
있었어요.

네, 엄마가 미르를 납치한 겁니다. 엄마는
미르와의 연결이 끊긴다는 것을 받아들일
수가 없었어요. 미르는 김영미 교수가 모든

것을 바친 탐사선이었기 때문입니다. 엄마는 미르를 다시 지구로 부른 겁니다!

국가 프로젝트를 사보타주한 엄마는 다음 날 바로 체포됐습니다. 조사가 이어졌지만, 엄마는 끝까지 진술 거부권을 행사했습니다. 그래서 경찰들이 혹시나 하고 저를 부른 겁니다. 엄마가 뭐라도 귀띔해준 게 있나 싶어서요. 물론 그런 게 있을 리가 없었습니다.

이서유 형사는 이대로라면 엄마가 징역을 살 수도 있다고 했습니다.

전화를 끊으면서 저는 정말 지긋지긋하다는 생각이 들었습니다.

7

엄마가 우주선 납치라는 전대미문의
사건을 일으킴으로써 미르는 다시 작은
이슈가 되었어요. 대중은 오래전에 잠시
유명했던 우리 우주산업의 영웅, 김영미
교수를 가까스로 기억해냈습니다. 그 영웅이
시대의 변화를 받아들이지 못하고 자신의
가장 커다란 업적을 하이재킹했다는 사실은
호사가들의 좋은 이야깃거리가 되었지요.
많은 사람들이 엄마를 욕했고, 엄마를
동정하는 사람도 적지 않았습니다. 하지만
그들 중에 엄마의 열정을 진지하게 생각하는
사람은 거의 없었습니다.

저는 생각지도 못한 인지도를 얻기
시작했습니다. 원래라면 개인전을 열고
신진 조각가로서 이름을 날리려는

계획이었지만…… 김영미 교수의
아들이라는 이유로 사람들이 저를 알아보기
시작하더군요. 피부색도 이 땅에서
흔하지 않은 색이고, 탄생 방식도 흔하지
않고. 지긋지긋한 미르와의 연을 끝내고
싶었습니다. 저는 이 이슈가 빨리 흩어져
사라지고, 미르가 약속된 대로 우주 저편으로
사라져버리길 바랐어요.

　　엄마의 변호사와 이야기를 나눴습니다.
엄마는 계속 묵비권을 행사하기만
했고요. 변호사는 무죄를 받는 건 사실상
불가능하다고 하더군요. 저도 그런 기대는
하지 않았습니다. 대신 변호사는 이렇게
제안했습니다.

　　"선생님께서 교수님을 어떻게 좀
설득하실 수 없겠습니까? 나름의 사정이
있으니까, 이 사태를 끝내기만 하면 양형에

긍정적인 영향을 미칠 것 같거든요."

"제가요? 하지만 저는 엄마랑 연락을 안 한 지 오래되었는데요. 엄마는 우주선밖에 모르는 사람이에요. 저한테는 아무 신경도 안 쓰시고요."

"이 일을 하면서 느낀 건데, 아무리 사이가 안 좋은 가족이라도 혈연은 무시 못 하더군요. 서로 공유하시는 기억은 많을 거 아닙니까?"

변호사의 말이 그렇게 신뢰가 가지는 않았습니다만, 어쨌든 이 일을 빨리 끝내기 전에는 다시 개인전에 집중하기 힘들 것 같았어요. 그래서 저는 대화 대신에 다른 방법을 쓰기로 했지요.

저는 근 5년 만에 강원도에 있는 엄마의 아파트를 찾았습니다. 1년에 한두 번 집에 다녀갔던 학부생 시절 이후로는 처음 있는 일이었습니다. 다행히 도어 록 비밀번호는 그대로더군요.

집은 중학생 때와 별반 다를 게
없었습니다. 벽에는 엄마, 코멧과 어린 제
사진이 걸려 있었고요. 가구에 난 흠집도
그대로였습니다. 냄새조차 비슷했어요.
엄마는 제가 떠난 방을 그대로 뒀습니다.

익숙한 냄새가 나는 공간에서 저는
오랜만에 어린 시절을 떠올릴 수 있었습니다.
제가 저로 있을 수 있었던 캐나다를 떠나,
온갖 고통으로 점철된 이 나라로 왔던 그
순간의 비릿한 기억들이 제 머리를 스치고
지나갔습니다.

꽤 긴 시간이 흘러서 이제 그 기억들은
아프지 않은 흉터가 되었습니다. 저는
그저 궁금할 뿐이었습니다. 엄마에게 저는
무엇이었을까요? 미르와 비교하면 저는
얼마만큼 중요한 존재였을까요? 그 답변은

어디에서도 찾을 수 없었습니다.

다만 코멧의 사진을 보면서 이런 생각을 했습니다. 앞서 말했듯 코멧은 유전적으로 설계된, 주문 제작된 강아지였지요. 엄마는 저한테도 코멧과 같은 모습을 바란 것이었을까요. 당신이 그 짧은 시간 내에 미르를 만들어냈듯, 저 또한 엄마의 목적에 맞아떨어지게 만들어지길 바란 것일까요? 아마도 그랬을 겁니다.

"코멧, 나는 대체 엄마를 어떻게 대해야 하지? 엄마는 널 좋아했잖아."

사진 속의 코멧은 아무런 소리도 내지 않았습니다.

저는 엄마의 서재에 들어갔습니다. 고등학생 시절 제가 책을 털어오던 공간이지요. 서재만큼은 이전과 많이 달라져 있었습니다. 한 대뿐이었던 모니터가 네 대로 늘어나 있었고요. 주문 제작된, 천장까지 키가 닿는 9단 책꽂이에는 예전보다 훨씬 더 많은 책들이 꽂혀 있었어요. 그 많은 책들이 생산하는 먼지가 코끝을 간질이더군요.

예전에도 그랬듯, 엄마가 이곳에서 많은 시간을 보내는 건 분명해 보였어요. 어쩌면 미르에 접근하는 비밀번호를 여기 남겨뒀을지도 모르죠. 그렇다고 해서 엄마가 벽에다 미르의 조종 권한에 접근하는 비밀번호를 써두지는 않았습니다. 탐정 놀이를 좀 더 할 시간이었습니다.

책상 밑에 설치된 데스크톱을 켰습니다. 컴퓨터에는 아무런 비밀번호도 걸려 있지 않았어요. 배경 화면은 수많은 별들로 가득한 이미지였습니다. 그때는 별생각이 없었어요. 그냥 참 엄마다운 배경 화면이라 생각했죠. 몇 달 지나서야 그 사진이 미르가

목성을 지나치며 찍은 지구라는 사실을 알게
됐습니다.

일단 인터넷 브라우저를 실행한 다음,
변호사가 보낸 이메일을 확인했어요. 그
이메일에는 간단한 프로그램 하나가 담겨
있었어요. 컴퓨터 사용자가 드라이브에서
가장 많이 확인한 문서를 정리해서 보여주는
것이었습니다. 아무래도 엄마가 많이 확인한
문서에 비밀번호가 담겨 있을 가능성이
높으니까요? 사실 별다른 기대는 없었습니다.
그냥 해볼 수 있는 건 다 해보는 거죠.
머릿속이 혼란스럽기도 했고.

저는 인공지능이 드라이브를 분석하게 둔
다음, 의자를 젖히고 누웠습니다. 얼핏, 가벼운
잠이 들었습니다. 꿈의 문턱을 살짝 넘어갔다
돌아왔다고나 할까요. 꿈속에서 저는 다시
중학생이었습니다……. 별반 즐겁지는 않은

꿈이었지요.

[분석이 끝났습니다.]

스피커 소리를 듣고 저는 현실로
돌아왔습니다. 인공지능은 착실하게 일을
해냈어요. 정작 일을 시킨 저는 큰 기대가
없었지만요. 저는 엄마가 비밀번호를 못
외워서 문서에 남겨놓을 정도로 인간적인
사람이라고 생각하지 않았어요. 인공지능이
만든 가상 폴더로 들어가면서 생각했죠. 아마
미르를 만들면서 쓴 수식 따위나 잔뜩 보게 될
거라고.

엄마가 컴퓨터에서 제일 많이 접근한
자료가 뭔지 예상하시겠나요? 참고로 저는
완전히 틀렸습니다.

네, 그건 캐나다에 살던 시절에 찍은
우리들의 사진과 영상이었습니다! 빈도
분석에 따르면 엄마는 그 자료들을 거의 매일

봤습니다. 수년이 넘는 세월 동안요.

모든 게 너무나도 좋았던 바로 그때 말입니다. 엄마는 달 기지 프로젝트의 시니어 기술자로 자기 경력을 착착 쌓아 올리고 있고요. 저는 아이스하키 선수로 뛰고 있고요. 건강한 코멧은 공원을 달리고 있습니다. 당시에 저랑 친했던, 이모라고 부르곤 했던 엄마의 한국인 친구들 사진도 있었습니다. 저는 엄마도 얼굴에 웃음을 띨 수 있다는 것을 정말 오랜만에 되새겼습니다. 머릿속에는 오직 한 가지 질문이 떠돌아다닐 뿐이었습니다.

엄마가?

김영미 교수가 이런 자료를 봤다고? 오직 목적을 위해서만 뚜벅뚜벅 전진하는 그 사람이?

처음엔 인공지능이 뭔가 잘못한 게

아닐까 생각했는데요. 인공지능을 의심하는 건 21세기 초반에나 하던 진짜 이상한 짓이잖습니까. 그렇다면 하나의 결론을 내릴 수밖에 없죠. 엄마가 캐나다에 놓고 온 모든 것들에 그리움을 느끼고 있다고요.

저는 혼란스러웠습니다. 제 인생에서 엄마는 강철로 만들어진 에베레스트산처럼 냉혹하고 거대한 존재였습니다. 자기 목적을 위해서는 그 무엇이든지 포기할 수 있는. 그런 엄마가 캐나다 시절을 그리워한다고요? 저는 당신이 과거에 대해서는 아무런 생각도 하지 않는 줄 알았는데요. 그런 소모적인 행동을 하기에는 당신이 너무 바쁘다고 믿었는데요.

약간의 충격을 받은 채로, 저는 자리에서 일어났습니다.

문득 과거의 한 기억이 제 머릿속을 스쳤어요. 저를 둘러싸고 있는 9단 책꽂이를 바라보았습니다. 찾고 싶었던 책은 금방 발견할 수 있었습니다. 엄마 키에 가장 편한 단에 그 책이 꽂혀 있었거든요. 그것은 칼 세이건의 《창백한 푸른 점》이었어요. 네, 제가 엄마 눈앞에서 쓰레기통에 버렸던, 엄마의 꿈을 만든 책이었습니다.

책을 꺼내 펼쳤습니다. 책의 윗부분에는 먼지가 전혀 묻어 있지 않았어요. 제가 고등학생 때 이 책을 읽으면서 그었던 밑줄이 그대로 남아 있었고요.

저는 엄마가 한국으로 오면서 포기해야 했을 수많은 것들을 생각했습니다. 정말로, 정말로 많은 것들. 저는 엄마가 포기한 것의 반의반도 이야기하지 않았습니다. 살면서 단 한 번도 진지하게 생각해본 적이 없는 것이지요. 동시에 엄마가 그토록 이루고 싶었던 꿈을 생각했습니다.

제 어머니, 그토록 대단한 영웅, 김영미
교수 역시 불완전한 인간이었습니다.
목표를 향해 나아가면서도 두고 온 과거에
사로잡혀 있는 인간. 제가 엄마와의 과거에
사로잡혀 있기에 스스로의 재능과 열정을
포기했듯 말입니다. 당신이 왜 미르를
납치했는지, 어쩌면 이해할 수 있을 것 같다고
생각했습니다.

이해할 수 있을지도 모른다는 생각을
하자, 엄마에게 품었던 증오의 파편들이
너무나도 하찮게 느껴지기 시작했습니다.
저는 아직도 모르겠습니다. 제가 그때
느꼈던 감정이 긍정적인 감정인지 부정적인
감정인지.

8

진술 녹화실은 드라마에서 곧잘 보던
것과 똑같은 구조였습니다. 한쪽에 불투명한
커다란 창이 달려 있고, 길쭉한 테이블과 의자
서너 개가 안에 있는 가구의 전부인 콘크리트
방. 저는 문이 없는 벽면에 놓인 의자에
앉아 있었어요. 방 안에는 저 말고는 아무도
없었습니다. 평생 경찰서에 올 일이 없다고
생각했는데, 이런 일로 오게 될 줄이야.
인생은 정말로 모를 일입니다.

외로이 인생을 복기하면서, 가져온
캐리어의 손잡이를 만지작거리고 있을 때,
문이 열렸습니다. 제 인생에 가장 결정적인
영향을 미친 사람이 방 안으로 들어오는
것이 보였습니다. 바로 김영미 교수였습니다.
제가 참고인으로 엄마와 대질 조사를

받겠다고 말했거든요. 이서유 형사는 제 말을 들어주었습니다.

다행히 유치장 생활이 엄마의 건강을 해친 것 같지는 않았어요. 얼굴이 살짝 파리해 보이긴 했는데, 그건 육체적 문제라기보다는 정신적 피로에 의한 것 같았고요. 엄마의 자세는 언제나 그랬던 것처럼 꼿꼿하고 당당했습니다. 엄마는 이서유 형사가 당겨준 의자에 앉고는 저를 빤히 바라봤습니다.

엄마와 서로 이렇게 마주 본 지가 참 오래됐다는 걸 떠올렸습니다. 제가 고등학생이었을 때보다 엄마는 많이 나이 들어 있었습니다. 이제 중년의 마지막 장을 사는 엄마를 보고 있자니, 제 마음속에 여전히 남아 있던 고뇌가 조금씩 녹아내렸습니다.

저는 결심했습니다. 그리고 말했습니다.

"엄마. 오랜만이네."

김영미 교수는 아무 말도 하지
않았습니다.

"미르에 어떤 비밀번호를 걸었는지
알려줄 수 있어?"

엄마는 고개를 저었습니다.

"변호사님이 그러시더라. 미르를 원래
목표로 다시 돌려놓지 않으면, 엄마가
선고받는 형량이 아주 셀 거라고. 난 엄마가
감옥에 안 들어갔으면 좋겠어. 지금 유치장도
충분히 괴롭지 않아?"

엄마가 입을 열었습니다. 메마른
목소리로, 토하듯이.

"이제 어떻게 되든 상관없어"

"왜?"

"주호야, 내가 미르 때문에 얼마나 많은 걸
포기했는지 알고 있니? 나는……"

"알고 있어. 엄마 컴퓨터에서 봤어. 엄마가

매일매일 무얼 보고 있는지. 캐나다 시절에 찍은 사진이랑 영상 맨날 보고 있었잖아."

얼어붙은 엄마를 보면서, 저는 말을 계속했습니다.

"나는 엄마가 우리가 놓고 온 모든 것에 미련이 전혀 없는 줄 알았어. 엄마는 찔러도 피 한 방울 안 나오는 사람일 거라 생각했고. 그런데 엄마도, 엄마도 나처럼 그리워하고 있었잖아. 우리 가족이 좋았던 때를. 진작에 그런 걸 말해줬더라면 우리 사이가 이렇게까지는 되지 않았을 텐데."

"시간은 되돌릴 수 없어, 주호야. 나는 네가 바꿀 수 없는 과거에 사로잡히지 않기를 바랐어. 이왕 한국에 온 거, 여기서 빨리 적응하길 바랐다."

"그건 잘 안 된 것 같아. 내 학창 시절은 지옥 같았어."

"어린 시절에 느꼈던 서운함을
털어놓으러 온 거니? 내 사과를 받으려고?
그래, 내가 잘못했다. 나는 나름대로 최선을
다해본다고 했는데, 그게 잘 안 됐어."

어쩌면, 몇 년 전에 이 이야기를 들었으면
우리 사이가 훨씬 빨리 나아졌을지도
모릅니다. 정말로 듣고 싶었던 말이었고요.
하지만 지금 제게 필요한 말은 아니었습니다.
저는 고개를 저었습니다.

"괜찮아. 엄마가 사과한다고 해서 바뀌는
것도 없고. 엄마 말대로 시간은 되돌릴 수
없잖아. 그런 말 들으러 온 거 아냐. 엄마가
감옥에 안 들어가게 하려고 온 거지."

"말했잖니. 엄마는 이제 상관없다고."

"왜 상관없어. 엄마가 감옥 생활에 적응할
수 있을 것 같아?"

약간 흥분한 듯, 엄마는 숨을 몰아쉬고는

말했습니다.

"미르는 내 인생에서 스스로 이룬 유일한 업적이다, 주호야. 그것 때문에 달기지 프로젝트에서도 나왔고, 캐나다에서 받은 테뉴어도 포기했어. 거기서 사귄 친구들이랑도 멀어졌고. 단 하나뿐인 아들과의 관계도 박살 났어. 이 지긋지긋한 땅에서 내가 살아갈 수 있었던 이유는 오직 미르 하나뿐이다. 나는 나만의 보이저를 만들어서, 평생 그것을 관리하고 싶었어. 그런데 말 같지도 않은 이유로 아직 전력이 한참 남은 미르를 방치하겠단다. 너라면 인생에 무슨 미련이 남겠니."

"엄마에게는 다른 꿈도 있었잖아. 나도 엄마의 꿈을 이어받는 꿈 말이야."

"그게 실패했다는 건 너도 잘 알고 있잖니. 타고난 재능까지 포기하면서 날 부정하려고

해놓고, 이제 와서 그 꿈을 이야기하는 게

무슨 의미가 있니."

엄마는 분명히 화가 난 듯했지만,

아주 또렷하게 말했습니다. 그것마저도

저는 참으로 김영미 교수다운 일이라고

생각했습니다. 지극히 감정적인 동기로

행동하지만, 그 행동을 수행하는 자세는

지극히 정돈되고 성실한 사람.

준비한 선물을 꺼낼 때였습니다. 저는

캐리어를 열었습니다. 그리고 뽁뽁이로 잘

포장된 물건을 꺼내 테이블 위에 올렸습니다.

"선물이야."

엄마는 포장된 선물을 힐끗 본 다음,

설명을 요구하는 표정으로 제게 시선을

돌렸습니다. 저는 별말 않고 포장을

풀었습니다. 포장을 풀자 제가 약 10년 전에

만든 다음 방구석으로 치워뒀던 물건이

드러났습니다. 지도 교수님이 제가 추구하던 아름다움이 드러났다고 했던 그 물건이요. 미르를 소형화한, 여러 기계장치가 모여 만들어진 탐사선의 모형.

"10년 전에 학교에서 만든 작품이야. 나는 그냥 마음 가는 대로 만들었는데, 이상할 정도로 미르 같은 물건이 만들어지더라. 아마 엄마의 피를 받았기 때문이겠지. 엄마가 만든 환경에서 살아갔기 때문이겠지."

저는 미소 지었습니다.

"내가 이런 걸 만들었다는 사실을 부정하고 싶었어. 김영미 교수님이라는 우주에서 벗어나고 싶었어. 이걸 만든 다음부터는, 아예 전통적인 조각에 집중했지. 그런데 그건 정말 손에 안 맞더라. 석사까지 나왔지만 나는 아직 성공하지 못한 예술가고. 하긴 그럴 수밖에 없지. 내 인생을 부정하면서 어떤 작품을 만들겠어, 엄마."

"주호야, 나는 네가 나와 같은 일을 하길
바랐어. 나는 이런 예술을 이해하지 못해."

"어쩔 수 없어. 엄마. 삶의 그 어떤 것도
우리가 완벽히 바란 대로 이루어지지 않는 것
같아. 엄마는 나를 기술자로 만들 수 없었고.
난 엄마라는 우주에서 벗어날 수 없었고."

"내 삶을 내가 원하는 대로 꾸려나갈 수
없다면, 내 일을 내가 바라는 대로 진행할
수 없다면, 내 아들을 내가 만들고 싶은 대로
키울 수 없다면…… 그러면 대체 이 모든 게
무슨 의미가 있을까?"

"엄마, 엄마는 받아들이는 법을 배워야 해.
우리 삶이 우리가 원하는 대로 되지 않는다는
걸. 내가 엄마가 바라는 사람이 될 수 없다는
걸. 힘들겠지…… 이해해. 엄마는 너무
똑똑하고 대단한 사람이니까. 자기가 바란 걸

대부분 이뤄낸 사람이잖아. 하지만 항상 그럴
수는 없는 거 같아."

　제 엄마이며 동시에 비운의 천재인
사람은 아무 말도 하지 않았어요. 저는 말을
이었지요.

　"그래도 삶이 예상치 못한 우연을 주는
것 같지 않아? 예를 들면, 오랫동안 불화했던
모자가 다시 가까워진다든지."

　엄마는 고개를 저었어요.

　"우리 가족은 서로 너무 상처를 많이
입혔어."

　"내가 과거에 사로잡히지 않기를
바랐다며."

　"정말 많이 힘들 거야."

　"알아. 그래도 시도는 해보고 싶어."

　다시 한번 미소를 지었습니다. 저는
엄마에게 손을 내밀고 있었습니다. 누군가는

먼저 해야 할 일이었지만, 가족 둘 모두
나약하고 불완전한 인간이기에 차마 하지
못했던 일이었습니다. 가슴이 두근거렸어요.
엄마가 어떤 반응을 보일지요.

엄마는 잠시 생각했습니다. 그러더니,
모형을 집어 들고 몇 번 돌려 보았습니다.
엄마는 나지막이 말했습니다.

"잘 만들었구나. 네게 이런 손재주가 있을
거라고는 생각도 못 했는데."

그리고 평생 감히 상상조차 할 수 없었던
광경을 목격했습니다.

엄마의 눈이 왠지 지나치게 축축하다
싶더니, 눈가에 이슬 같은 눈물방울이
모였습니다. 엄마가 몇 번 눈을 깜박이자
그 눈물방울은 사라졌습니다. 비록 빠르게
사라졌지만, 저는 엄마가 눈물을 짜낼 수 있는
존재일 거라고는 상상도 못 했습니다. 멍하니

그 놀라운 모습을 보면서 생각했습니다. 이번 일로, 제 삶이 많이 달라질 것 같다고요.

사흘이 지나기 전에, 이서유 형사가 저한테 전화했습니다. 이서유 형사는 엄마가 미르에 건 비밀번호를 알려줬다고 말했어요.

9

미르는 다시 저 먼 우주를 향해 궤도를 수정했습니다.

1심에서 김영미 교수는 3년의 징역을 선고받았습니다. 다행히 조사 과정에서 비밀번호를 털어놓은 탓에 엄마는 5년의 집행유예를 받았습니다. 5년 동안 행동을 조심하면 감옥에 끌려갈 일은 없게 되었습니다. 검사는 항소를 포기했는데요.

엄마의 이야기가 대중에게 꽤나 어필했기 때문일 거라고 생각합니다. 사람들은 옛 우주 영웅 김영미 교수의 사정을 동정적으로 바라봤어요. 고맙다고 해야 할지. 제가 우리 가족의 이야기를 방송에서 한 게 꽤 도움이 된 것 같기도 합니다.

그동안 저는 제 조각의 스타일을 바꿨습니다. 본래 하던 전통적인 조각은 아주 때려치웠고요. 10년 전, 작은 미르를 만들었을 때와 같은 스타일을 시도하고 있습니다. 지도 교수님은 제 스타일 변경을 정말 크게 환영했습니다. 아니, 원래는 제가 개인전을 여는 데 계속 실패하는 걸 보면서 툴툴대기만 하더니, 스타일을 바꾸자마자 적극적으로 후원하시더라고요! 갑자기 이런저런 갤러리에 저를 소개해주는 거 아니겠어요! 참…….

어쨌든 지도 교수님 덕에 한 갤러리와

마침내 연결이 닿았습니다. 1년 뒤에 이곳에서 개인전을 열기로 했어요. 그렇게 커다란 공간은 아니지만, 1년 안에 갤러리를 꽉 채울 만한 작품을 쌓으려면 진짜 엄청난 노동을 해야 합니다. 최근 저는 정말정말 바쁩니다. 살면서 가장 바쁜 순간이에요. 고통스럽지만, 이게 다 업보 아닌가 싶기도 합니다.

제가 매일 작업만 하고 있는 건 아닙니다. 2주 전 미르 연구소는 공식적으로 미르와의 연결을 끊었습니다. 본래는 아무도 모르는 와중에 조용히 처리될 일이었지만, 엄마 덕에 수많은 사람들이 여기에 주목하고 있었습니다. 생방송으로 중계될 정도였다니까요. 저는 그날 미르 연구소의 원격조종실에 들어갈 수 있는 기회를 얻었습니다. 우리 가족의 드라마를 많이들 좋아해줬으니까요.

원격조종실은 계단식으로 된 작은 강당만 했는데, 한 벽을 통째로 차지하는 와이드스크린이 달려 있었습니다. 거기에 미르의 현재 위치와 수신되고 있는 온갖 정보들이 표시됐지요. 그 정보들 대부분은 제가 이해할 수 없는 무언가였지만, 미르의 위치만큼은 확실히 알 수 있었습니다.

미르는 태양계의 경계에 있었습니다. 완전히 텅 빈, 절대 영도에 가까운 냉혹한 공허. 그 속에 떠 있는 탐사선을 생각했습니다. 고향을 떠나 영원의 시간 동안 우주를 항해할 탐사선. 우리 모두가 죽고 사라진 다음에도 엄마의 역작은 방랑하겠죠. 순간, 미르가 멀리 있는 제 동생 같다고 생각했습니다.

셋, 둘, 하나.

연결 종료 카운트다운이 끝나자,

와이드스크린에 떠 있던 정보들이 하나둘 사라지기 시작했습니다. 그때까지 미르 연구소를 지키고 있던 사람들 중 일부는 탄식했습니다. 일부는 울었고, 누군가는 일어서서 열렬하게 박수를 쳤습니다. 저는 멍하니 그 광경을 바라보다가, 제 옆에 서 있는 엄마에게로 고개를 돌렸습니다. 저는 혹시 엄마가 울지나 않을까 생각했습니다.

엄마의 표정에는 아무 감정도 드러나지 않았어요. 엄마는 그냥 스크린을 쳐다보고 있었을 뿐입니다. 자신의 삶을 바친 작품과 단절된 순간, 저는 엄마가 무슨 생각을 하는지 알 수 없었습니다.

바로 그때, 엄마가 제 쪽을 바라보았습니다. 엄마가 눈을 몇 번 깜빡였습니다. 저는 천천히 입을 열고는 말했습니다.

"다 괜찮을 거야. 가족이 있잖아?"

진부한 말이라는 것을 알았지만, 그렇게 말할 수밖에 없었습니다. 그러자 놀라운 일이 일어났습니다. 김영미 교수가 미소를 지은 겁니다. 얼마나 오랜만에 보는 미소인지, 저는 떠올릴 수도 없었어요.

작가의 말

"아이들은 처음에는 부모를 사랑한다.
시간이 지나면, 아이들은 부모를 재단한다.
가끔은, 아이들은 부모를 용서하기도 한다."

오스카 와일드가 한 말인데, 나는
부모와 자식의 관계를 이것보다 간명하게
잘 설명하는 건 불가능하다고 확신한다.
인간이 만들 수 있는 무한한 문장의 우주
속에서, 부모 자식 관계의 개념을 설명하는
가장 정확한 문장을 오스가 와일드가 찾아낸

것이다. 그런데 인터넷에서 본 글이라 어쩌면
오스카 와일드가 한 말이 아닐 수도 있겠다.
그렇다고 해도 이 문장의 가치가 떨어지지는
않는다.

이 글을 쓰는 지금 나는 스물아홉
살이다(만 나이로). 이제 곧 30대다. 영원히
이렇게 나이 들지 않을 줄 알았는데. 하여튼
이제 마냥 어리다고만은 할 수 없는 나이가
되면서 느낀 게 있다면, 인간의 삶이란
기본적으로 고통스럽고 우리 사람은 모두
서로에게 완전히 이해받을 수 없는, 고독하고
가련한 존재라는 사실이다.

그리고 그것을 나는 나의 부모에게도
똑같이 느낀다. 어릴 때, 나는 당신들과
지독히도 많이 싸웠다. 만약 아이를 가지게

된다면 결코 당신들처럼 하진 않겠다고 맹세했다. 하지만 이젠 안다. 당신들도 한정된 앎과 환경에서 나름대로 최선을 다했음을. 어쩔 수 없는 인간의 한계 때문에 완벽하지 못했고, 그건 당연한 것임을.

　　요즘 나는 소설보다는 드라마 시나리오 작업에 열중하고 있다. 지금껏 잘 알지 못했던 새로운 판에서 PD님들과 함께 이야기를 만들어나가는 과정은 그 자체로 큰 즐거움이다. 작업을 하다 보니까, 소설을 쓸 때도 '이게 영화나 드라마로 만들어지면 어떻게 시각화될까?'라는 생각을 계속 하게 된다. 만약 당신이 내 글을 여러 편 읽었다면 이 작품에서 느껴지는 조금의 차이는 그런 고민에서 온 것이다.

개인적으로는 이 작품이 영화가 되면 좋겠다. 나는 우주 탐사선을 스크린에서 보고 싶다. 아니, 누가 그러지 않겠어?

그럼, 좋은 하루 되시라.

2023년 7월

심너울

- 28

이런, 우리 엄마가 우주선을 유괴했어요

초판 1쇄 인쇄 2023년 8월 25일
초판 1쇄 발행 2023년 9월 13일

지은이 심너울
펴낸이 이승현

출판2 본부장 박태근
스토리 독자 팀장 김소연
편집 강소영 곽선희 김해지 이은정 조은혜
디자인 이세호

펴낸곳 ㈜위즈덤하우스   **출판등록** 2000년 5월 23일 제13-1071호
주소 서울특별시 마포구 양화로 19 합정오피스빌딩 17층
전화 02) 2179-5600   **홈페이지** www.wisdomhouse.co.kr

ⓒ 심너울, 2023

ISBN 979-11-6812-729-6 04810
      979-11-6812-700-5 (세트)

값 13,000원

한 조각의 문학, 위픽 wefic